생각과 생각 사이

불행이라 쓰고 행복이라 읽는 법

생각과 생각 사이

이성록 지음

여는 글

　불란서 누벨바그 영화 중에 「400번의 구타」라는 작품이 있다. 주인공 소년이 이래서 얻어맞고 저래서 얻어맞다가 소년원에 들어가게 되고 결국 도망쳐 바닷가로 나가는 게 피날레인데, 이때 유명한 자막이 나온다.

　"영화는 세상의 부분을 떼어내는 액자가 아니라, 세상을 보는 창문이다."

　세상은 내 눈만으로는 볼 수 없다. 문학, 미술작품, 영화, 음악 등등 무엇인가를 통해서 비로소 볼 수 있다. 무엇을 통하여 세상을 볼 것인가? 나 역시 영화라는 창을 통하여 세상을 보려 하였다. 우리의 눈이 세상을 보는 것과 마찬가지로 영화는 스크린의 이미지를 통하여 인간과 세상을 직접적으로 인식하도록 만든다.

　물론 영화가 스크린에 직접 보여주는 이미지는 제한적이지만 생각과 생각, 세상과 세상을 이어 주기에는 부족하지 않다. 게

"

다가 영화는 나의 생각과 상호작용함으로써 메시지가 되고 그
것을 통하여 더 깊은 생각과 더 큰 세상을 보게 한다. 메시지는
이미지와는 전혀 다른 것일 수도 있다. 감독의 의도와는 달리
대중의 마음속에서 얼마든지 다른 감흥을 불러일으키고, 다르
게 해석되기 때문이다.

사실 영화에 많은 사람들이 등장하지만 그들의 생각이 모두
표현되는 것은 아니다. 동시에 세상에는 주인공만 있는 것도 아
니다. 따라서 영화를 통해 세상을 본다는 것은 주인공의 시각이
나 감독의 의도가 아니라 다만 이를 매개로 삼아 각자의 눈으로
세상을 바라보는 것이다. 다시 말해 영화를 볼 때마다 세상을
보는 창문을 하나 더 갖는 셈이다.

세상은 생각의 다름이 있어 아름다운 것이다. 그러나 다른
생각들로 인하여 서로 상처를 주고받으며 괴로워하고 원망한
적이 그 얼마나 많았던가? 비극이다. 그것은 다름을 인정하지
못하고 생각과 생각의 '사이'를 채우려 하기 때문이다. 생각
사이에는 사이가 있어야 서로 다름을 감사하고 아름답게 여길
수 있는 것이다.

사실 우리에게 영화가 주는 것이 참으로 많다. 무엇보다 영화
는 좋은 사이를 준다. 다른 생각을 담담히 바라볼 수 있는 틈을
준다. 그 틈을 통하여 다른 생각들 역시 내 생각을 거부감 없이

바라볼 것이다. 비록 마인드 플레이 영화는 아니더라도 영화 속의 생각들이 씨앗처럼 스며들어 너와 나의 생각 사이에 한 그루 나무로 자랄 수 있을 것이다.

나무 그늘은 휴식을 준다. 휴식은 제멋대로의 생각이 방해받지 않는 것이다. 비록 훌륭한 생각은 아니지만 "저렇게 생각할 수도 있구나!" 서로 받아들이면, 제멋대로가 통하는 좋은 사이가 된다. 필자가 제멋대로 생각한 것처럼 독자들도 제멋대로 생각하면 좋은 사이가 될 것이다.

이런 일 저런 생각으로 피곤한 현대인들! 스틸 사진의 이미지와 영화의 메시지, 그리고 제멋대로의 생각이 어우러져 잠시나마 휴식을 갖게 되길 기대하며 이 책을 낸다. 우리 모두 생각 사이를 없애려 애쓰기보다 그 사이에 여백과 휴식의 나무를 심었으면 좋겠다.

2011년 11월
이 성 록

차례

사이의 미학

생각 사이에 나무를!
사이가 있을 때 좋은 사이가 된다

영화 「사랑 후 남겨진 것들(Cherry Blossoms – Hanami)」 중에서

서로

틈새를 두지 말고

한마음 한뜻을 가지라고 하지요.

그러나

틈새 없이

한마음이 될 수 있을까요?

네 생각과 내 생각 사이를 메우려

노심초사할수록

사이는 점점 더 멀어집니다.

영화 「러브 어페어(Love Affair)」 중에서

너와 나 어떤 사이인가?
좋은 사이는 사이가 있는 것
나쁜 사이는 사이가 없는 것

생각 사이를 채우려 하지 말고
사이에 나무를 심어
그늘 아래 함께 쉰다면
사이좋지 않겠는가?

생각 사이에 나무를 심자!

영화 「렛미인(Let Me In)」 중에서

세상에서 가장 무서운 것이
양의 탈을 쓴 늑대인 줄 알았습니다.

아니더군요.
이보다 더 무서운 것은
자기가 양인 줄 아는 늑대였지요.

그러기에
이 세상에서 가장 무서운 것은
내 자신입니다.

영화 「피라냐(Piranha)」 중에서

살생하지 말라?
살생해야 산다!
내가 살아 있다는 것은
곧 아직도 살생하고 있다는 것

먹어야 산다.

그럼에도 우리는
다른 생명을 희생시킴으로써
비로소 살아가고 있음을
날마다 잊고 산다.

영화 「허드서커 대리인(The Hudsucker Proxy)」 중에서

너의 불행은
곧
나의 행복이다!

너의 불행을
나의 불행으로 여기고
너의 행복을 위하여 힘쓸 때

너의 불행으로 인하여
내가 행복하다.

영화 「모던 타임즈(Modern Times)」 중에서

죽도록 일하라
그리하면 네와 네 집이
행복을 얻으리라!

노동의 종교는
세계적 반열에
뒤늦게 올랐지만
급속도로
개종자가 늘어나고
순교자도 늘어나고 있다.

영화 「컴퍼니 맨(The Company Men)」 중에서

베짱이처럼 잘 놀지만
개미처럼 부지런한 사람!

거북이처럼 느리지만
때론 토끼처럼 민첩한 사람!

유능한 존재가 되기 위해
오늘도
노동의 신에게 충성하며
시시포스의 길을 간다.

영화 「행복을 찾아서(The Pursuit of Happiness)」 중에서

뜻이 있는 곳에 길이 있다?
시대 변화를 모르는 무식한 소리
돈이 있는 곳에 길이 있다!

"머니 머니해도 머니"

어느새 돈은
현대사회를 지배하는
유아독존의 신이 되었고
인간을 가혹하게 복종시킨다.

영화 「신경쇠약 직전의 여자(Women On The Verge Of A Nervous Breakdown)」 중에서

삶이 복잡해질수록
마음 써야 할 곳이 많아지고
외로워질수록
마음의 과소비가 일어납니다.

칼을 자주 쓰면
칼집이 헤어지듯
마음도 많이 쓰면 육체가 망가지는 법

마음을 아껴야 합니다.

영화 「레볼루셔너리 로드(Revolutionary Road)」 중에서

산악자전거
고수들은 장애물을 만나면
일단 멈춤의 기술을 사용하지만
하수들은 멈추지 못해
요행으로 돌파하거나 아니면 넘어집니다.

인생도 마찬가지입니다.

스탠딩!
멈춤의 기술이야말로
인생살이의 최고 기술입니다.

영화 「식스 센스(The Sixth Sense)」 중에서

만나는 사람은 많지만
통하는 사람이 없으니
유령인간과의 만남이 되고 만다.

사람 사이의 단절은
서로에게 유령인간

말이 통하지 않는 사람과
말하는 것보다
벽을 보고 말하는 것이
차라리 낫다.

영화 「히든(Hidden)」 중에서

고상함 뒤의 천박함
정의감 뒤의 비겁함
점잖음 뒤의 지질함

이중성을 방패삼아
자기 하나
건사 못하면서
세상을 향해 총질하는 사람들

"너나 잘 하세요!"

영화 「디 아우어스(The Hours)」 중에서

여성이든 남성이든
사람에겐
근본적인 굴레가 있습니다.
모두
다른 사람을 위해
살아야 한다는 것

그러기에
아무리 나이를 많이 먹어도
'나를 위한 삶'
그것이 무엇인지 매일매일 묻습니다.

영화 「원 위크(One Week)」 중에서

안경을 찾아 허둥댔다.
문득 거울에 비친 내 얼굴
이미
안경을 쓰고 있다.

내 속에 있는
불경 너머의 부처님 마음
성경 너머의 하나님 마음

그런데
오늘도 그 마음을 찾으려고 헤매고 있다.

영화 「강박관념(Ossessione)」 중에서

적당히 보고 살아보라
적당히 알고 살아보라
적당히 속고 살아보라
적당히 잊고 살아보라

뒤에서
옆에서
앞에서
모두가 그렇게 가르쳐 주었지요.
그런데 난 잘 안된다고
적당히 웃어주었지요.

영화 「포스트맨은 벨을 두 번 울린다(The Postman Always Rings Twice)」 중에서

‘욕망’

부족을 느껴

지금 무엇을 가지거나 누리고자 탐함

‘희망’

실망을 느껴

내일에 미루어 무엇을 바라거나 기대

희망이 강렬해지면

타자의 것마저 빼앗으려는

욕망이 된다.

영화 "아이다호(My Own Private Idaho)」 중에서

현대인은
고난을 받아들일 능력이 없다.
예전에는 신의 처분으로 여겼으나
지금은 누군가 책임져야 할 일이라고 여긴다.

그러나
절대로 자신의 탓은 아니기에
곳곳에
책임을 추궁하는
가학적 불평 열망이 자라고 있다.

영화 「클릭(Click)」 중에서

한쪽 나뭇가지를 잡았다가
놓아버리고 다른 가지를 잡는
원숭이처럼
사람들의 변덕스러운 마음

오른쪽 클릭, 왼쪽 클릭
강박적인 클릭으로
새로운 세상에 링크한다.

나는 클릭한다, 고로 존재한다.

영화 「씨 인사이드(The Sea Inside)」 중에서

나를 사랑하는 사람들이
나로 인하여
부끄러움을 당한다면
이야말로 비극이 아니겠는가!

누군가
나를 사랑한 것이
부끄러운 일이 되지 않도록
부끄럽지 않은
삶을 살아야 한다.

영화 「사랑을 카피하다Certified Copy」 중에서

사람들은 잊고 있습니다.
사랑할 때면
미움의 감정도 시작된다는 것을!

희로, 그리고 애락은
거짓, 그리고 진실은
마치
동전의 양면 같아서

분노 없는 사랑은 무력하고
슬픔 없는 사랑은 천박합니다.

영화 「엘리 파커(Ellie Parker)」 중에서

"길을 가르쳐 주세요!"

사람들은
길에서 길을 묻는다.

그걸 왜 내게 묻나요?

누가
감히
당신의 길을 가르쳐 줄 수 있나요?

영화 「킹스스피치(The King's Speech)」 중에서

창문을 열라!
장벽을 부수어라!
그대 안에 빙빙 돌지 말고
뛰쳐나와 하늘 아래 서 보라!
그러면
그대가 찾던 길이
그대에게 다가올 것이다.

길은
찾아가는 것이 아니라
다가오는 것이다.

영화 「귀 없는 토끼(Rabbit without Ears)」 중에서

네 생각과 내 생각
사이에는
다름을 인정하는
일정한
경계가 필요합니다.

가까운 사이일수록
사이가 있음을 인정하는 것이
진정
사이좋은 것이지요.

영화 「북극의 연인들(The Lovers from the North Pole)」 중에서

그리움은
깨어나지 못하는 잠 같은 것

너무나도
저리고 아리기에 깨어나려 하지만
그리 못하는 가위눌림

그리움
그곳에
내 정신세계의 지배자가 있다.

영화 「사랑도 통역이 되나요?(Lost in Translation)」 중에서

신은
참으로 심술궂다.
남자와 여자
붙어 살 수밖에 없도록 만들고서
붙어만 있으면
말이 통하지 않아
싸우도록 만들었으니 말이다.

화성에서 온 남자
금성에서 온 여자
사랑은 왜 통역이 안 되나요?

영화 「작은 불행(Minor Mishaps)」 중에서

행복하다고 생각하면
새로운 세상에 대한
꿈을 꾸지 않는다.

불행하다고 생각하면
장렬하게 실패할지언정
세상을 바꾸려는 꿈을 꾼다.

그러기에
행복은 꿈의 무덤이요,
불행은 꿈이 태어나는 자궁이다.

영화 「무서운 행복(Terribly Happy)」 중에서

내가 나를 모르는데
어떻게
나의 행복을 만들겠는가?

너 누구니?
내가 나에게 물었을 때

조용히 들려주는
내 자신의 화답이야 말로
행복으로 향하는 출발점이 아니겠는가?

영화 「잃어버린 도시(The Lost City)」 중에서

창밖을 보라!
사람들이 달리고 있다.

행복을 향해
끊임없이 쳇바퀴를 돌리지만
행복은
점점 더 멀어져 가고 있다.

떠나 온 것도
떠나 보낸 것도 아닌데
자꾸만 멀어져 간다.

영화 「에브리바디스 파인(Everybody's Fine)」 중에서

세월이 흘러가도
그리움에는
옛날이 없습니다.

세월이 지나면
어제의 그리움은 어제에 머물 뿐

오늘은 오늘대로
내일은 내일대로
그리움이 있기 때문입니다.

영화 「걸어도 걸어도(歩いても 歩いても)」 중에서

여름밤엔
별빛 내리는 소리를 읽고
가을밤엔
오동잎 소리로 추억하지만
봄날 밤엔
옛 일기를 읽게 됩니다.

이미 봄이 와 있는데
여전히 제뿌리 곁을 맴도는 낙엽처럼
차마 떠나지 못하는 기억을
한 자 한 자 읽어봅니다.

영화 「눈먼 자들의 도시(Blindness)」 중에서

욕망의 덫에 걸린 인간은
타자에 대한
경외심을 잃어 버렸다.

이는
행복을 수태하는
자궁을 잃어 버린 것이다.

이제
인간에게 남은 것은
진보라는 꼬리를 흔들며
욕망의 쳇바퀴를 돌리는 재주뿐이다.

영화 「유토피아(Agrarian Utopia)」 중에서

모든 인간은 낙원을 꿈꾼다.
고통이 없고
욕망이 충족된 세계
낙원은
애욕도 없고
식욕도 없는 세계이다.

모든 것이
완벽하게 충족된 세계
희로애락이 없는
극락과 천국에서
과연 행복할 수 있을까?

영화 「아이 엠 러브(I Am Love)」 중에서

완전한 행복은
지루함을 가져온다.

에덴동산의 인간들은
낙원의 권태를 견디지 못해
행복으로부터 이탈하였다.

행복으로부터 도피하는 인간!
그러나
권태는 신들조차 버거워한다니
인간이야 오죽하랴!

영화 「벌들의 비밀생활(The Secret Life of Bees)」 중에서

고통은
사람의 품성을
냉소적이고 폐쇄적으로 만들지만
때로는
고상하고 개방적으로 만들기도 한다.

고통은
뜬금없이 악한 모습으로
감당할 수 없는 슬픔을 주지만
느닷없이 선한 모습으로
가슴 벅찬 기쁨을 주기도 한다.

영화 「벤자민 버튼의 시간은 거꾸로 간다(The Curious Case of Benjamin Button)」 중에서

진정한 행복은
언제나 불행과 어깨동무하여 찾아온다.

불행은
행복의 적이 아니다.

불행은 속도를 조절하는
멈춤의 장치요,
행복의 가치를 회복하는
승화의 과정이다.

영화 「마스크(The Mask)」 중에서

소풍 가는 날
낙관론자와 비관론자는 말한다.

낙관론자?
우산이 없는 한
결코 비가 오지 않을 거야!

비관론자?
우산을 가지고 있는 한
비가 오지 않을 거야!

낙관주의자는
무책임할 때가 많다.

영화「종달새 농장(The Lark Farm)」중에서

행복은
포효하는 고통을 끌어안고
불완전한 인간성을
치열하게 극복하는
비극적인 도상에서
비로소
성립되는 것이다.

안타깝게도
무책임한 낙관론자들에 의해
비극정신이 추방되고 있다!

영화 「나 없는 내 인생(My Life Without Me)」 중에서

모든 것에는 가격이 존재한다.
물질에도
시간에도
정신에도
생명에도
하물며 불법행위에도 가격이 있고
쓰레기에도 가격이 있다.

내 인생의 가격은
내 인격의 가격은
도대체 얼마나 될까?

영화 「그랜 토리노(Gran Torino)」 중에서

아버지 부재 시대
아버지여 가정으로 돌아가라!
어떻게?

옛날엔
아버지가 없어도
아버지의 권위는 살아 있었다.

요즘엔
만만한 아버지
천덕꾸러기 아버지
아버지가 있다는 게 실은 더 불행하다.

영화 「투스카니의 태양(Under the Tuscan Sun)」 중에서

난 너를 신뢰하고 있는데
넌 내가 의심한다 생각할 수도 있겠구나!

난 네게 감사하고 있는데
넌 은혜를 모른다 생각할 수도 있겠구나!

난 너를 기다리고 있는데
넌 내가 잊었다고 생각할 수도 있겠구나!

사랑하는 사람들도
생각에는 사이가 있다.

영화 「엘레지(Elegy)」 중에서

사랑한다고 사이를 없애려 한다면
그것은 집착입니다.
집착은 나쁜 사이입니다.

틈새를 두지 않고 밀착될 때
서로의 날선 가시에 찔려
상처를 입고 말지요.

사랑할수록
좋은 사이를 두어야 합니다.

영화 「달콤한 인생(La Dolce Vita)」 중에서

인생은
바위처럼 무겁고 나비처럼 가벼운 것

가볍고
더 가벼워지려는 세상
수다의 소음 속에
가능한 건 독백뿐

무게를 두려워하는 사람들!
나는
그들에게 아부하고 있다.

영화 「누가 로저 래빗을 모함했나?(Who Framed Roger Rabbit?)」 중에서

그런데
"그 친구 글 잘 쓰잖아?"
"아뇨"
"그 친구 글만 잘 써요!"

말 속에는 가시가 있다.

그러나
가시를 빼면?
"그 친구 글도 잘 써요!"

영화 「밀라노의 기적(Miracolo A Milano)」 중에서

일평생 고단한 삶을 살아온
'귀천(歸天)'의 시인
천상병은
이 세상 소풍 끝나는 날
아름다웠노라고 고백합니다.

아름다운 세상은
세상을 아름답게 보는
아름다운 사람을 통해서
만들어집니다.

영화 「스쿨 오브 락(The School of Rock)」 중에서

진짜진짜 가짜진짜
진짜가짜 가짜가짜

진짜 가짜
가짜 진짜
어느 것이 더 좋을까?

가짜진짜보다는
차라리
진짜가짜가 더 아름답다!

영화 「죽은 시인의 사회(Dead Poets Society)」 중에서

지난날
가르침이란
어리석은 학생을
교사의 수준으로
끌어 올리는 것

오늘날
가르침이란
투정부리는 학생들에게
아부하는 것

영화 「러브 액츄얼리(Love Actually)」 중에서

거리거리마다
말 못하는 바보들뿐이야
"어서 말을 해!"

그러나 그건 옛날이야기

이제는
사랑한단 말을 해도
듣지 못하는 바보들뿐이야
"말 좀 들어줘!"

영화 「섹스 앤 시티(Sex and the City)」 중에서

돈이라고 같은 돈이 아니다.

가난한 사람들에게서
돈은
생존의 수단

부자들에게서
돈은
가난한 자와 경계 짓는
신분의 상징

영화 「노라 없는 5일(Cinco Dias Sin Nora, Five Days)」 중에서

나

그대를 사랑하지만

대신 아플 수 없고

대신 목욕할 수도 없고

결코 대신 죽을 수가 없지요.

가까이 있어도

우리 사이

너무 멀어요.

영화 「대부(The Godfather)」 중에서

너의 불행이 나의 행복
너의 행복이 나의 불행
행복의 남용

차라리
내가 망하는 것은 참아도
네가 잘 되는 것은 못 참아
행복의 오용

배고픈 것은 참아도 배 아픈 것은 못 참는다.

영화 「굿모닝 에브리원(Morning Glory)」 중에서

행복 좋다 남용 말고
행복 몰라 오용 말자

웃어야 할 땐 웃어야 행복하다!
울어야 할 땐 울어도 행복하다!

부정적인 것은
항상 긍정적인 것과 함께 있다.
낙관과 비관이 함께 해야
비로소 행복의 문턱에 들어선다.

영화 「타워링(The Towering Inferno)」 중에서

신이시여
아무리 강렬한 화염 속에서도
한 생명을 구할 수 있도록 힘을 저에게 주소서 그리고 국가의
소명에 따라
저의 영혼이 육신으로부터 떠나게 되면
신의 가피로 속세에 홀로 남을
저의 아내와 가족을 돌보아 주소서
〈소방관의 기도〉

이 소방관의 기도가
이젠 정치인들의 기도이기를
기도합니다.

영화 「유월 미스 미(You'll Miss Me)」 중에서

옛사랑을
그리워하자.

누군가를 향한 생각만으로도
가슴 설레던
그 옛날 그때의
내 마음을 그리워하자.

옛사람이 아닌
옛사랑을 그리워하자!

영화 「장미빛 인생(La Vie en Rose)」 중에서

스스로 감동하지 못할 노래라면
기계음에 불과할 뿐

자기 자신도 감동하지 못하는 노래에
누가 감동하겠는가?

차라리
음정박자 틀려도
스스로 감동할 때
천상의 노래가 되듯이
우리의 삶 또한 마찬가지 아니겠는가!

영화 「그녀에게(Talk to Her)」 중에서

알고 있는가?
봄빛에
가을빛에
우리가 물들어 가듯

나는 너에게
너는 나에게
서로 알지 못할 때에도

서로가 서로에게
물들고 있다는 것을!

영화 「리더(The Reader)」 중에서

세상에서
가장 무서운 사람은
딸랑
책 한 권만 읽은 사람

온 세상을
책 한 권만으로 파악하기에
그 어떤 현자가 와도
통하지 않는다.

영화 「타인의 삶(Das Leben der Anderen)」 중에서

나에게 인생이란
불현 찾아오는 낯선 사건에
내 이름표를 붙여 놓은 것은 아닌가?
시간의 구비구비마다
내 이름표를 붙여 놓은 것은 아닌가?
남의 인생에
내 이름표를 붙여 놓은 것은 아닌가?

모두들
자신의 인생을 찾아
오늘도 그 어디론가 가야 한다.

영화 「굿바이 마이 프랜드(The Cure)」 중에서

수많은 사람들 중에
내가 알고 있는 사람은 얼마인가?
나를 알고 있는 사람은 얼마인가?

내가 아는 사람!
나를 아는 사람!

낯익은 사람이
낯설게 다가올 때
그 보다 더 두려운 것은 없다.

영화 「퐁네프의 연인들(Les Amants du Pont-Neuf)」 중에서

거지가 되려면
온갖 멸시를 견뎌내는
비천의 능력이 있어야 하며

물상의 욕망으로부터
완전하게 자유로운
무소유의 능력이 있어야만 하기에

나는
일찌감치
거지의 꿈을 접어야 했다.

영화 「레인맨(Rain Man)」 중에서

친구가 말하더군요.

"네가 부러웠단다.
자신의 성을 차근차근 쌓아가는 모습이
멋져 보였단다.
그러나 어느 날인가부터
사람은 보이지 않고 성만 보이더구나.
넌 네가 쌓은 성에 스스로 갇히고 만 것이지."

그런데 난 아직도
내가 쌓은 성에 갇혀 있습니다.

불행의 미학

불행과 어깨동무를!
불행이라 쓰고서 행복이라 읽는다

영화 「너를 보내는 숲(殯の森)」 중에서

행복 카운슬러. 행복코치. 행복 전도사. 행복컨설팅. 행복캠프. 해피월드. 해피센터. 해피디자인. 완벽한 행복. 끝없는 행복. 최대의 행복. 무제한 행복. 행복한 식탁. 행복공화국. 익스트림 행복. 행복연습하기. 행복지도. 행복의 발견. 행복한 부자. 행복한 청소부. 행복한 달인. 행복한 고물상. 행복의 실천. 행복의 공식. 행복의 비결. 행복 따라잡기. 행복정복. 행복한 이기주의자. 행복한 멈춤. 행복심리학. 행복경제학. 행복으로의 초대……. 서점 서고에 가득 채워진 행복의 약속들!

무제한 행복

끝없는 행복

완벽한 행복

누가 감히 이를 약속하는가?

행복은

정해진 해답이 없다!

영화 「자본주의: 러브스토리(Capitalism: A Love Story)」 중에서

부채는
더위를 식힐 때 쓰는 것
불난 집에
부채질해서야 쓰겠는가?

오늘날
소비 이데올로기가 선도하는
행복의 열풍은
비인간적 사회
경쟁사회를 유도하고
우울증과 자살을 부채질한다.

영화 「뷰티풀 마인드(Beautiful Mind)」 중에서

불행과 행복이
짝을 이뤄
어깨동무를 하지 않으면

우리의 영혼은 무질서 속에 빠져
욕망을 다스리는
주인이 아니라

영혼을 착취하는
욕망의 노예가 되고 만다.

영화 「낙엽귀근(落葉歸根)」 중에서

인생은
저 하늘의 먹구름도 아니요,
저 바다의 반짝이는 햇살도 아니다.

인생은
들어주는 이 없어도
기쁨과 고통을 노래하다가

불러주는 이 없어도
제 뿌리 곁을 찾아가는
낙엽과 같은 것이다.

영화 「투모로우(The Day After Tomorrow)」 중에서

21세기 인간들은
아름다운 식물과 숱한 동물을 멸종시키고
바다를 오염시켰으며
자기들이 마시는 공기마저 오염시켰다.

21세기 인간들은
자해소동 끝에
인간본연의 풍부한 정서마저도
끝장내 버렸다.

〈22세기 역사교과서〉

영화 「밀리언즈(Millions)」 중에서

부자가 된다는 것은
에로틱한 드라마보다 황홀한 것

돈으로
사랑과 우정을 살 수 있고
권력은 물론
존경심을 살 수도 있고
다른 사람의 영혼마저도 살 수 있다.

돈으로
처녀귀신 불알도 살 수 있다.

〈악마의 사전〉

영화 「대지의 아들(Man of the Soil)」 중에서

누가 행복한 사람인가?

가난뱅이 현실을
슬퍼하지 않고
내일보다 오늘을 즐거워하는 사람

걱정, 불안, 근심
현대 문명의 알약보다
고대인의 야생적 면역체계를
유지하는 사람

영화 「에듀케이터(The Edukators)」 중에서

돈을 축적함으로
일로부터 벗어나 여가를 즐길 수 있고
예속으로부터 벗어나
주체적으로 자유롭게 살 수 있다.

문제는
돈을 많이 가질수록
적다고 여기고
더 많이 축적하려는 욕망으로
행복으로부터 멀어지기 쉽다는 것이다.

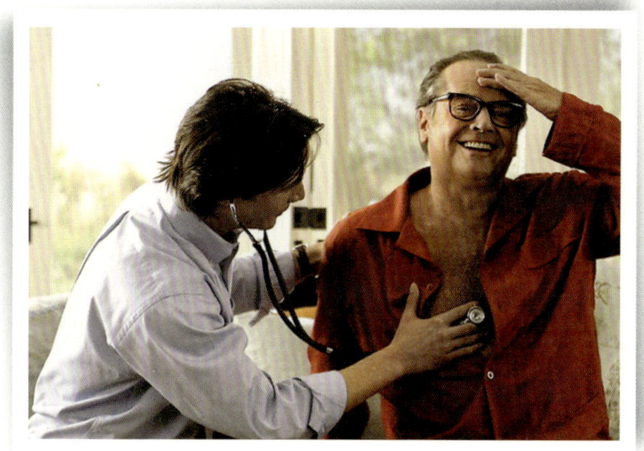

영화 「사랑할 때 버려야 할 아까운 것들(Something's Gotta Give)」 중에서

행복을 얻기 위해서는
행복을 포기할 줄 알아야 한다.

행복은
인간이 좌지우지할 수 없는 영역이기에
인위적 노력을 멈출 줄 알아야 한다.

욕심을 내려놓고
인위의 사슬에서 벗어나면
행복으로 향하는 비밀 문이 열리게 된다.

〈역효과의 법칙〉

영화 「모짜르트와 고래(Mozart and the Whale)」 중에서

나의 행복은
너를 행복하게 함으로써 돌아오는
반사열 같은 것

너와 나
눈높이를 맞추어
세상을 함께 보고
네가 행복하지 않으면
내가 행복하지 않다고 믿으면
고요히
행복의 등불이 켜진다.

영화 「악마는 프라다를 입는다(The Devil Wears Prada)」 중에서

행복하려면
더 많이 벌고 더 많이 써라!

행복교의 전도사들은
불평 열망을 촉구하며
소비의 여신을 숭배하라고 설교한다.

쉬지 말고 소비하라!
그리하면
너와 네 집이 행복을 얻으리니!

영화 「록키(Rocky)」 중에서

실패담이나
콤플렉스와 같은
마이너스 모드의 이야기들이

성공담과 같은
플러스 모드의 이야기들보다
인간관계를 더 돈독하게 만든다.

실패라는
서로의 비밀을 공유하기 때문이다.

〈마이너스 이온의 법칙〉

영화 「8과 1/2(Eight and a Half)」 중에서

섹스와 늙음
이 두 가지는 전통적 금기어이다.

여기에
성공 지상주의 사회는
실패라는 말을
새로운 금기어로 추가하였다.
따라서
실패를 성공보다 흥미롭게 여기는
관음증이 유행하고 있다.

영화 「스타탄생(A Star Is Born)」 중에서

슈퍼스타를 꿈꾸는 사람들이
가장 좋아하는 말
"넌 뭐든지 할 수 있어!"

이런 말들은
듣기는 좋지만 책임회피의 소치로서
현실적 목표를 세울 기회조차
빼앗아 버린다.

실패는 불을 보듯 뻔한데
너무 가혹하지 않은가!

영화 「버디(Birdy)」 중에서

실패는 언제나 끔찍한 경험이다.
온 세상이 무너져 내린다.
오랫동안 품었던
모든 것들을 포기해야 하는
엄청난 고통이다.

그럼에도 불구하고
불편한 진실은
무엇인가 새롭게 시작해야 한다는 것
그리고
여전하게 실패할 가능성이 높다는 것

영화 「굿윌 헌팅(Good Will Hunting)」 중에서

열 길 물속은 알아도
한 길 사람 속은 모른다!

사람의 마음
머리로 이해하려 들지 말고
가슴으로 받아들여라.

가슴이 없는
죽은 지식으로
사람의 마음을 읽을 수 없다!

영화 「우리 생애 최고의 해(The Best Years Of Our Lives)」 중에서

돈으로 집은 살 수 있으나, 가정은 살 수 없다.
돈으로 침대는 살 수 있으나, 잠은 살 수 없다.
돈으로 책은 살 수 있으나, 지혜는 살 수 없다.
돈으로 약은 살 수 있으나, 건강은 살 수 없다.
돈으로 피는 살 수 있으나, 생명은 살 수 없다.

쾌락은 살 수 있어도 행복은 살 수 없습니다!

그렇군요!
돈으로 살 수 있는 것도 참 많지만
살 수 없는 것도 참으로 많네요.

영화 「타이타닉(Titanic)」 중에서

물이 있어야 배가 뜬다.
그러나
배에 물이 차면 배는 침몰한다.

돈과 인생은
배와 물 같은 관계이다.

돈이 있어야 살 수 있지만
돈이 인생을 사로잡으면
인생은 침몰한다.

영화 「분노의 포도(The Grapes of Wrath)」 중에서

"실패는 기회야!"
과연 그럴까?

실패를 기피하는 방어기제일 뿐
타인의 실패가
자신에게 전염될까 염려하는 것이다.

실패는 실패일 뿐
희망도 아니고 절망도 아니다.
성공자도 아니지만 실패자도 아니다.
새로운 시작이 있을 뿐이다.

영화 「부덴브로크가의 사람들(Buddenbrooks)」 중에서

인생은 실패의 여정
실패의 대안은
성공이 될 수 없다.

더 많은 성취, 더 큰 성공의 뒤안길엔
더 깊은 함정이 기다리고 있다.

실패의 대안은
성공이 아니라
진정한 행복을 위하여
계속 더 용감하게 실패하는 것이다.

영화 「법정스님의 의자」 중에서

간디와 법정스님도 옷가지는 가졌다.

생명을 다하기 전에는
무소유란
근원적으로 불가능한 것
다만 향유할 수 있을 뿐

소유하되
집착하지 않고
소유한 것들을
다른 사람들과 함께 누리는 것이다.

영화 「여인의 향기(Scent of a Woman)」 중에서

'동행'
슬플 때 함께 슬퍼하는 것만이 아니다.

χἄρα χἄειν
기쁨을 기뻐하는 것

곧
너의 기쁨을
나의 기쁨처럼
배 아프지 않고
더불어 기뻐하는 것이다.

영화 「지붕 위의 바이올린(Fiddler on the Roof)」 중에서

행복은
화려한 축제가 아니라
소박한 일상에 터한다.

일상은
남루하고 때로는 비참하지만
행복의 모태이다.

그러나
사람들은 축제의 쾌락에 취하여
일상의 행복을 누리지 못한다.

영화 「구차-열정의 트럼펫(Guca)」 중에서

다들 행복의 나라로 갑시다!

수단과 방법 가리지 않고
행복을 갈구함이
행복비만증을 야기하고
끝내
우울증의 시대를 열고 있다.

그러나
행복을 선전하는 나팔소리는
멈출 줄 모른다.

영화 「알렉산더(Alexander)」 중에서

디오게네스와 알렉산드로스 대왕이 만났다.

"폐하께서는 무엇을 가장 바라고 계십니까?"
"그리스를 정복하길 바라네! "
"그 다음에는?"
"소아시아 지역을 정복하길 바라겠지!"
"그 다음에는?"
"온 세상을 모두 정복하길 바라겠지!"
"그 다음에는?"
"그 다음엔 좀 쉬면서 즐겨야 하겠지!"

"이상하군요.
왜 지금 당장 쉬면서 즐기지 않습니까?"

영화 「내일을 향해 쏴라(Butch Cassidy And The Sundance Kid)」 중에서

사람들은
좀 더 출세하고
좀 더 부자가 되는
미래를 꿈꾸며 오늘을 희생시킨다.

미래는 영원히 오지 않는다.

언제까지
오지 않을 미래를 위하여
오늘을 희생시키며
일평생 준비만 하려는가?

영화 「내 이름은 튜니티(They Call Me Trinity)」 중에서

행복은
내일이 아니라 바로 오늘
지금 여기에 있는데

행복을 찾아
그대는
너무 멀리 나갔구려.

어서 돌아오라!
지금, 여기로

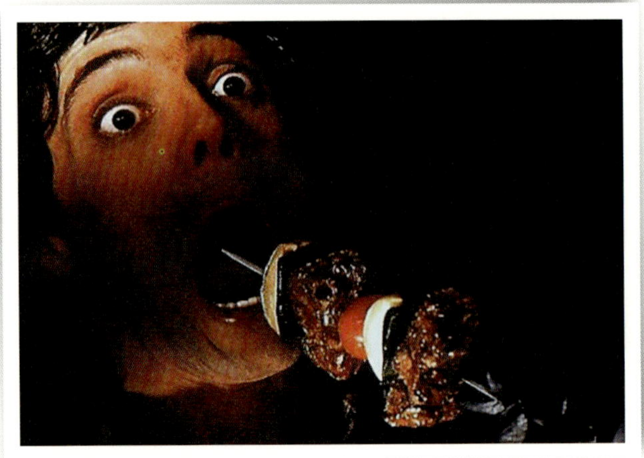

영화 「해피 버스데이 투 미(Happy Birthday To Me)」 중에서

생일이란
죽음을 향해
한 걸음 더 나아가는 날

생일축하란
꽃과 선물을 주면서
죽음으로 한 걸음 더 나아가도록
박수치며
재촉하는 것

그런데도 사람들은 죽음을 외면한다.

영화 「욕망이라는 이름의 전차(A Streetcar Named Desire)」 중에서

쾌락은
행복에 충분조건은 아니지만
필요조건이다.

쾌락의 갈망은
신종 인플루엔자처럼
갈수록 강력해지는 욕망을 잉태한다.

욕망은
견디려 애쓸 뿐
그 누구도 피할 수 있는 것이 아니다.

영화 「레미제라블(Les miserables)」 중에서

귀족이란
'존경받는 소중한 무리'
과연 누가 귀족인가?
부자와 권력자는
선망은 받아도 존경받지는 못한다.

가진 것 없어도
마음 곱게 쓰는 사람이
존경받는 소중한 무리, 곧 귀족이다.
당연히
귀빈실 출입자 자격도 바꿔야 한다.

영화 「슬럼독 밀리어네어(Slumdog Millionaire)」 중에서

우리는
결코 고통을 원치 않는다.

그러나
고통을 겪어 본 사람은
후회하지 않는다.

고통 가운데서
삶이 무엇인지 깨닫고
행복을 만날 수 있기 때문이다.

영화 「인사이드 아임 댄싱(Inside I'm Dancing)」 중에서

오아시스에 사는 사람은
오아시스를 모릅니다.

오아시스를 벗어나
불타는 사막에서
목마름을 겪어 봐야
생사의 고비를 넘나들어 보아야

비로소
오아시스를 알게 되지요.

영화 「데저트 플라워(Desert Flower)」 중에서

인정받기 위하여
더 많이
더 높이
더 빨리
성공을 향해 달려간다.

그러나
인정받는다고
존경받는 것은 아니다.

존경받기 위해선
다시 내려놓아야 한다!

영화 「아버지를 마지막으로 본 것은 언제입니까
(And When Did You Last See Your Father)」 중에서

아빠!
바빠?
나빠!

좋은 아빠는
자식이 어려울 때
언제든 곁에 있어 주는 사람입니다.

그러나
아빠는
바빠서
나빠가 되고 말았습니다.

영화 「덴데라(デンデラ)」 중에서

장수사회는 축복!
고령사회는 재앙?

이는 곧
자기가 오래 사는 것은
축복이지만
다른 사람들이 오래 사는 것은
재앙이라는 생각 아닌가!

편협한 이기심이야말로
재앙의 근원이다.

영화 「어바웃 슈미트(About Schmidt)」 중에서

노인들이 몰려오고 있다!
늙어가는 대한민국?
물론 심각한 문제이다.

그러나
젊은이들이여
지금 노인들을 원망하지 마라!
착각하지 마라!

고령사회의 위기는
그대들이
노인이 되었을 때 일어날 문제이니까!

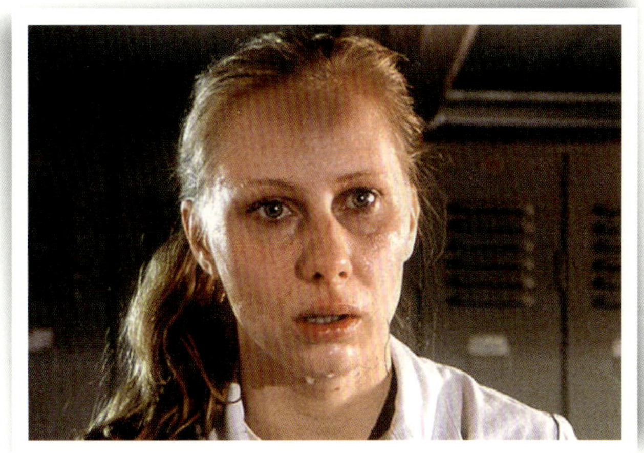

영화 「성냥공장소녀(The Match Factory Girl)」 중에서

눈물 젖은 빵
굶주려 보지 않은 사람은
의미를 알지 못합니다.

나흘을 굶으니
입에 침마저 말라 버리더군요.
눈물이 나와서
빵을 먹을 수 있었지요.

굶주린 사람에게서
눈물 없는 빵은 돌덩이에 불과합니다.
괜히 아는 척하지 마세요.

영화 「돈 많은 친구들(Friends with Money)」 중에서

우리는
부자를 만나면
서로 밥값 내겠다고 다투면서
길거리의
가난한 자에게 밥 사려 하지 않는다.

그러기에
한편은 영양과다로 죽어가고
다른 한편은 영양실조로 죽어간다.
그런데
영양실조가 고치기 더 쉽다.

영화 「도그빌(Dogville)」 중에서

자기 자신은
부자가 되려고 열망하면서
부자를 욕한다.
다른 이들에게 정의를 외치면서
불의를 일삼는다.

'불치의 이중성'
여기에 비극이 있다.

과연
팔을 벌려 안을 수 있는 진실은
얼마나 될까?

영화 「파워 오브 원(The Power of One)」 중에서

선각자들은
열정에서 벗어나
초연하게 살 것을 가르친다.

그러나
추악하고 불의한 것을 보면
천둥처럼 울부짖고
아름답고 정의로운 것을 보면
폭포수처럼 웃을 수 있는
열정이야말로
초연의 절정이다.

영화 「이보다 더 좋을 순 없다(As Good As It Gets)」 중에서

차라리 모르면 고치기 쉬운데
아는 것이 많으니
도리어 병이 깊어 고치기가 어렵다.

공부가 깊어질수록 아는 것이 없어지고
모르는 것 하나만 남게 된다니
모르는 것이
그 얼마나 귀한 일인가!

모름의 즐거움을
세상 그 어떤 맛과 비교하랴!

영화 「예스맨(Yes Man)」 중에서

눈치 보며 살기엔
인생이 너무 아깝지 않나요?

화나면 화내세요!
종로에서 뺨 맞았으면,
종로에서 눈 흘기세요.

말 한마디로
천 냥 빚 갚을 생각일랑
아예 접어 버리고
아니면 아니라고 말할 수 있어야 합니다.

영화 「델마와 루이스(Thelma & Louise)」 중에서

호랑이에게 물려가도
정신만 차리면 산다던가?
그렇다면
죽은 사람에게도 물어보았는가?
정신 바짝 차려도 죽을 수 있다!

죽은 사람은 말이 없으니
실패한 사람들은
위기상황에서 정신 못 차린
얼간이로 전락되고 만다.

영화 「애수(Waterloo Bridge)」 중에서

당신의 아내가
당신의 남편이
일찍 죽길 원한다면?

'포옹을 금하라!'

포옹을 자주하게 되면
건강에 유익한
옥시토신의 분비가 늘어난다니
자주 포옹하면
오래 살 것 아닌가!

영화 「자전거 도둑(The Bicycle Thief)」 중에서

A

날 잡아 봐라!

원숭이도 사랑놀이를 하나보네?

B

인간이든 짐승이든

그저 마주치기만 하면 다투나 봐!

같은 현상도

관점에 따라

입장에 따라

전혀 다른 사건이 됩니다.

영화 「12인의 성난 사람들(12 Angry Men)」 중에서

모두들 합리를 좋아합니다.
이해관계가 복잡하니
합리적이기 위해 패거리를 만들지요.

그러나
'소수의 주장'
진리가 될 수는 있지만
합리는 될 수가 없기에

합리보다
진리를 더 소중하게 여기면
왕따가 되고 맙니다.

영화 「카사블랑카(Casablanca)」 중에서

"어젯밤에 어디 있었죠?"
"그렇게 먼 과거는 기억 못 해!"
"오늘 밤 당신을 만날 수 있나요?"
"그렇게 먼 미래는 알 수 없어!"

친구 간, 부부 간
완벽한 공유란 있을 수 없다.

만일
감정의 대피소이자 충전소인
비밀의 공간이 없다면
삭막하고 지루하지 않겠는가?

영화 「누구를 위하여 종은 울리나(For Whom The Bell Tolls)」 중에서

사랑이 맹목적인 것은
사랑의 감정이 생기면
비판적 사고와 부정적 감정을 관장하는
뇌의 활동이 억제되기 때문이다.

일단
어떤 사람과 가까워지면
상대의 특성과 성격을
더 이상 평가할 필요가 없다고 판단하여
맹목적으로 변한다.

영화 「파도(Green Dolphin Street)」 중에서

당신이
사랑하는 이를 위해
모든 것을 잃어도 좋다고 생각할 때

사랑하는 이는
당신이 모든 것을 잃지 않도록
자신을 버리고 있다는 걸
잊지 마세요.

사랑의 엇갈림은
슬프지만 아름답습니다.

영화 「어바웃 어 보이(About a Boy)」 중에서

동네 꼬마에게 말을 걸었습니다.

"너 참 예쁘구나!
엄마 닮았니? 아빠 닮았니?"

꼬마의 대답
"옆집 아저씨 닮았어요!"

옆집 아저씨 닮으면 큰일 납니다.

사고뭉치 아이들
바로 우리 모습을 닮았습니다.

영화 「콘스탄트 가드너(The Constant Gardener)」 중에서

노인이 쓰러져 있습니다.
나는 애써 눈 감아 버립니다.

쓰러진 노인 주위에 사람들이 몰려듭니다.
그를 일으켜 세우는 사람들…….
119에 연락하는 사람들…….
드디어 응급차가 와서 그를 태우고 사라집니다.

이젠 끝났겠지
눈을 떠 보니
노인은 아직도 길바닥에 쓰러져 있습니다.
나는 또다시 눈 감고 싶어집니다.

영화 「쉰들러 리스트(Schindler's List)」 중에서

물이 끓으려면 100도가 되어야 합니다.
끓지 않는 것은
0도나 99도나 피차일반입니다.

99도에서 100도까지의 차이는 불과 1도!
사람들은 99도까지 올라가고도
마지막 1도를 오르지 못하여 상심합니다.
1보다 더한 99를 이루었는데…….

그러기에
아흔아홉 마리의 양보다
잃어버린 한 마리가 더 소중하다는 것이지요.

영화 「잠수종과 나비(The Diving Bell and the Butterfly)」 중에서

등산로 입구에서
소품을 파는 장애인이 나를 잡았다.
어눌한 말투로 "문. 자. 한. 번"이라며
핸드폰과 쪽지를 내밀었다.

"혼자 있으니 답답하지?
나 혼자 좋은 구경해서 미안해!"

힘겹게 장사를 하면서도
혼자 세상 구경해서
집에 있는 아내에게 미안하단다.

영화 「고독한 영혼(In a Lonely Place)」 중에서

이슬 맞으며 별을 헤던
사춘기 시절이나
풍상을 겪으며 살아가는
지금이나
까닭 모를 그리움은 여전합니다.

아무리 사랑해도
존재를 대신할 수 없는
근원적 소외가
까닭 모를 그리움에 빠지게 하나 봅니다.

영화 「해바라기(Sunflower)」 중에서

옛사랑의 노래들…….
단지 헤어진 사람을 못 잊어하는
외로움의 애원이 아니라

지난날 다짐했던
믿음과 사랑으로
세상을 살아갈 수 있도록
그리고 그것이

세상 살아가는 데 힘이 되게 해달라는
그리움의 애원이다.

영화 「사랑에 관한 세 가지 이야기(About love)」 중에서

사랑과 미움
동전의 양면이다.

미움이 없는 사랑은 무력하다.
슬픔이 없는 사랑은 천박하다.

불행이 결여된 행복은
허위에 불과하며
고통이 결여된 행복은
쾌락에 불과하다.

영화 「부르조아의 은밀한 매력(The Discreet Charm of the Bourgeoisie)」 중에서

부자들 모임에서
행복이 화제로 오르면
유쾌한 목소리는 사라지고
희미한 탄식소리가 들려온다.
왠지 울적한 분위기이다.

그러나
화제가 돈으로 바뀌면
다시 유쾌한 목소리가 들려오고
탄식소리도 사라진다.
왠지 신나는 분위기이다.

영화 「산딸기(Wild Strawberries)」 중에서

'이미' 그러나 '아직은'
노인은 더 이상 노인이 아니다.

서류상으로는 이미 노인이지만
실제로는 '젊은 오빠', '젊은 언니' 들이다.

노인들을
사회로부터 배제한다면
당장이 아니라
지금 젊은이들이 노인이 되었을 때
심각한 위기를 겪게 될 것이다.

영화 「노스바스의 추억(Nobody's Fool)」 중에서

건강할 때 건강을 지켜야 합니다.
권력이나 명예, 재물도 마찬가지입니다.
있을 때 잘 해야지요.

재물, 권력, 생명
모두 시간이 빌려 준 것입니다.
시간이 흘러가면
내려놓아야 할 무거운 짐들입니다.

있을 때 잘해, 후회하지 말고…….

영화 「똑바로 살아라(Do The Right Thing)」 중에서

경쟁에서 실패할 경우
과거는 물론 미래마저 소멸된다.
바로 여기에 가학성이 드러난다.

다른 사람이 괴로워하는 모습을 보면서
"너도 별 수 없구나!"
타자의 실패에 자신의 고통을 투사한다.

자신의 성공보다
다른 사람의 실패가 더 즐겁고
게다가 유명인의 실패는 더욱 즐겁다.

영화 「마스터 앤 커맨더(Master and Commander)」 중에서

감성의 리더십, 이성의 리더십
섬김의 리더십, 통제적 리더십
수평적 리더십, 수직적 리더십

이분법적 구분이 무슨 소용 있는가?

자신의 욕망을 이루려는
리더십이 아니라
자신을 버리는 데 사용되는
리더십이 필요할 뿐!

영화 「아이 앰 샘(I am Sam)」 중에서

영롱한 별보다
남은 별 찾을 수 있는
아름다운 눈과
지나가는 바람결 느낄 수 있는
그런 마음을 지닌 사람!

한 줌의 햇살로 행복을 누리는
디오게네스 같은 사람!

행복한 사람은
허장성세에서 훌쩍 비켜 서 있다.

영화 「러브 스토리(Love Story)」 중에서

어둠은 존재하지 않는다.
다만
그 세상에
빛이 없을 뿐이다.

외로움은 존재하지 않는다.
다만
그 마음에
그리움이 없을 뿐이다.

영화 「평원의 사나이(The Plainsman)」 중에서

처음부터 길이 있는 것은 아니다.
길이 없으면
누군가 길을 만들고
사람들이 그 길에 넘쳐나면
그것은 역사가 된다.

그러나
길을 다니는 사람들은
길 만든 사람을
기억해 주지 않는다.

영화 「붉은 시편(Red Psalm)」 중에서

계란으로 바위 치기
정녕 무모한 짓인가?

그러나
수많은 계란이
바위 치고 깨어진다면
낙수가 바위를 뚫듯이
언젠가는 바위가 깨어질 것이다.

한 사람의 힘은 미약하지만 위대하다!

영화 「내일에게 길을 내주다(Make Way for Tomorrow)」 중에서

빳빳한 천 원 지폐가
구겨진 만 원 지폐보다
어찌 더 가치 있겠는가?

구겨지든
짓밟히든

가난하든
늙어가든
사람의 가치는 변하지 않는다.

영화 「왓 위민 원트(What Women Want)」 중에서

마음아 마음 마음아 알 수 없구나!
너그러울 때는 온 바다를 받아들이면서
한순간 옹졸해지니 바늘 하나 꽂을 곳이 없구나!

오늘은
달마대사를 만나
차가 아니라 마음을 마신다고
술이 아니라 세월을 마신다고
빡빡 우겨대다가
바늘 하나 꽂을 곳 없는
옹졸한 마음을 뉘우쳤습니다.

영화 「음모자(The Conspirator)」 중에서

미스코리아의 고운 손을 보노라면
지환 하나 없는 아름다움에
감탄합니다.

그러나
갈라지고 거친
어머니의 손을 잡으면
고운 손에서
느끼지 못하는
감동이 있습니다.

영화 「뻐꾸기 둥지 위로 날아간 새(One Flew over the Cuckoo's Nest)」 중에서

실종신고 합니다!

내 자신이
어디론가 사라졌습니다.

메마르고 거칠어진 둥지를 버리고
어디론가
훌훌 떠나 버린
나를 보신 분

연락 주시면 후사하겠습니다.

영화 「천사의 얼굴(Angel Face)」 중에서

누구에게나 깃들여져 있는
부처님 마음
하나님 마음

욕망의 파도가 가라앉으면
애써 찾지 않아도
저절로 드러나는 것

그러나
누구나
욕망의 파도에 휩쓸리면 악마가 된다.

영화 「크래쉬(Crash)」 중에서

약자가
서글픈 것은
약함 그 자체 때문이 아니라

눈치를 보며
강자에게
비굴하게 굴복하는 모습 때문입니다.

지렁이도
밟히면 꿈틀거리지 않나요?

영화 「잃어버린 시간을 찾아서(Time Regained)」 중에서

당신과 나
비록 살아온 햇수는 같을지라도
나이가 다르다.

잃어버린 시간들
나잇값 못한 시간들
그 얼마이든가?

애늙은이
어른아이
나잇값 좀 하세요!

영화 「내 어머니의 모든 것(All About My Mother)」 중에서

당신 마음에서
꽃내음이 나네요.

그대 마음
무슨 꽃인가요?

당신이 심으셨나요?

제 마음에도
심어 놓을 수 있나요?

영화 「인간 대 자연(Man vs Wild)」 중에서

산에 올라 아이들에게 말했다.

너희들 잘 들어라
여기 산들은 모두 아빠의 것이며
너희들에게 물려줄 유산이다.

아빠! 언제 산을 샀어요?

조상대대로 물려받은 것이다.
그러므로 너희도
자손대대로 잘 물려주어야 한다.

버림의 미학

꽃잎 버리고 열매를!
희망이란 지우개로 욕망을 지운다

영화 「늑대와 춤을(Dances with Wolves)」 중에서

작은 연못

깊은 산 오솔길 옆 자그마한 연못
먼 옛날 이 연못엔 예쁜 붕어 두 마리
살고 있었다고 전해지지요.
어느 맑은 여름날 연못 속의 붕어 두 마리
서로 싸워 한 마리는 물 위에 떠오르고
여린 살이 썩어 들어가 물도 따라 썩어 들어가
연못 속에선 아무것도 살 수 없게 되었죠.

작은 연못 같은 세상
서로 물고 뜯고 이기려고 하는 것은
결국 자기를 죽이는 것이니
지는 것이 이기는 것이랍니다.

영화 「워터프론트(on the waterfront)」 중에서

똥이 무서워 피하냐?
더러워 피하지!

사람들은
속담을 핑계 삼아
책임을 회피하려 합니다.

분명한 것은
무섭든 아니면 더럽든
피할 것이 아니라
치워야 한다는 것이지요.

영화 「로나의 침묵(The Silence of Lorna)」 중에서

그대
필요할 땐
입에 든 것이라도 빼어줄 듯
감미롭게 대하지만

그대
필요 없을 땐
냉정하게 내쳐버린다.

우물에 침 뱉지 마라!
언젠가 다시 그 물을 마셔야 할 터이니……

영화 「빅 피쉬(Big Fish)」 중에서

이젠
흰머리에 허리가 굽어진 아버지
왕년에
잘 나갔다고
없어서는 안 될 존재였다고 회고한다.

허풍이라고 따지지 마라!

아버지의 삶에서
진실을 찾기 전에 진심을 찾아보라!
거짓을 진실로 믿으면 더 행복해질 것이다.

영화 「언 애듀케이션(An Education)」 중에서

도시 디자이너들은
광장이라는 여백을 남겨두고
작곡가들은
카덴자라는 여백을 남겨두기도 합니다.

인생에서는
일탈이라는 여백이 필요합니다.

모범으로부터의 일탈은
자신을 원숙하게 만드는 도전입니다.

영화 「캐스트 어웨이(Cast Away)」 중에서

올곧게 뻗은 나무보다
휘어 자란 소나무가 멋있습니다.

똑바로 흘러가는 강줄기보다
굽이쳐 흐르는 물줄기에서 멋을 느낍니다.

정형적인 박자보다
엇박자가 노래의 묘미를 더해 줍니다.

순탄한 삶보다
굽이마다 진통하는 삶에 더 감동받습니다.

영화 「400번의 구타(The 400 Blows)」 중에서

나는
규범과 관행에 충성하는
모범생보다
어깃장 놓는 사람을
더 아름답게 여깁니다.

모범은
양식한 것이지만
일탈은
자연산이기 때문입니다.

영화 「커피와 담배(Coffee and Cigarettes)」 중에서

사람들은
다른 사람과
같은 결함을 가짐으로써
그것을
결함으로 느끼지 않을 뿐만 아니라
오히려
다행스럽고 안전하다 여기며 안주한다.

이름 하여 비정상의 정상
정상의 병리이다.

영화 「투명인간(The Invisible Man)」 중에서

기게스의 반지를 갖게 되어
투명인간이 된다면
가장 먼저 무엇을 하고 싶은가?

사람들은
선행보다 악행을 꿈꾼다!

무슨 짓을 하든
들키지 않고
처벌받지 않는다면
도덕적이어야 할 이유는 무엇일까?

영화 「파라노이드(Paranoid)」 중에서

병든 사회가 병든 사람을 낳고

병든 사람이
병든 사랑을 낳으며

병든 사랑이
다시 병든 사람을 낳고

병든 사람이
다시 병든
사회를 낳고 있다.

영화 「태양은 가득히(Plein Soleil)」 중에서

당신이 태어난 후
지구가 태양을 몇 바퀴 돌았는가?
서른 바퀴 돌았으면 서른 살
마흔 바퀴 돌았으면 마흔 살이라고 말한다.

지구가 태양을 돈 것과
당신의 인생은 무슨 관계가 있는가?
지구가 태양을 돌고 있는 동안
당신은
얼마나 사람답게 살았는가?

영화 「이브 생 로랑의 라무르(L'Amour Fou)」 중에서

행복계산식

다른 사람을 행복하게 한 시간
빼기
다른 사람을 불행하게 한 시간
?

결과가
플러스(+)이면 행복한 사람이고
마이너스(−)이면 불행한 사람이다.

영화 「위대한 독재자(The Great Dictator)」 중에서

이상한 축구

가난했던 어린 시절 야구공만큼 작은 고무공으로도 감지덕지 편을 갈라 축구를
했다. 누군가가 공을 가져오면 모두들 끼고 싶어 눈치를 살피게 되니, 공의 주
인은 선수는 물론이고, 감독이 되어 선수를 선발하고 경기가 시작되면 심판까
지 겸했다.

선수가
감독과 심판까지 겸한다면
이 보다 더 불공정한 게임이 어디 있겠는가?

우리 사회에는
이상한 축구경기 아직도 진행되고 있다.

영화 「제8요일(The Eighth Day)」 중에서

인천공항에서 서울시청까지
가장 빨리 오는 방법은?

'사랑하는 사람과 함께 오는 것!'

좋은 사람과 함께 걸으면
아무리 멀다 해도 멀지 않습니다.

사랑하는 사람과 함께 걸으면
긴긴 시간도 짧기만 하고
험한 길도
순탄하게 여겨집니다.

영화 「억셉티드(Accepted)」 중에서

장점보다는
단점으로 맺어진 관계가
훨씬 더 강하다.

서로가 배려해야 할
애틋한
상처가 있기 때문이다.

상처는
단절을 이어주는 가교가 된다.

영화 「어거스트 러쉬(August Rush)」 중에서

웃는 얼굴에 어찌 침 뱉으랴!
그러나
속담은 속담일 뿐

요즘엔
가식적 웃음
기만적 웃음
수단적 웃음
조작된 웃음이 넘쳐나니
난
웃는 얼굴에 침 뱉는다.

영화 「시티 오브 갓(City of God)」 중에서

눈물 젖은 빵을 먹어 본 사람은
빵보다 눈물을 찬양한다.

침이 말라버린 굶주린 자에게
빵은 돌덩이에 불과하다.
뭇 사람들은 침으로 빵을 녹여 먹지만
굶주린 자는 눈물로 녹여 먹는다.

그러나
사람들은 눈물보다 빵을 찬양한다.

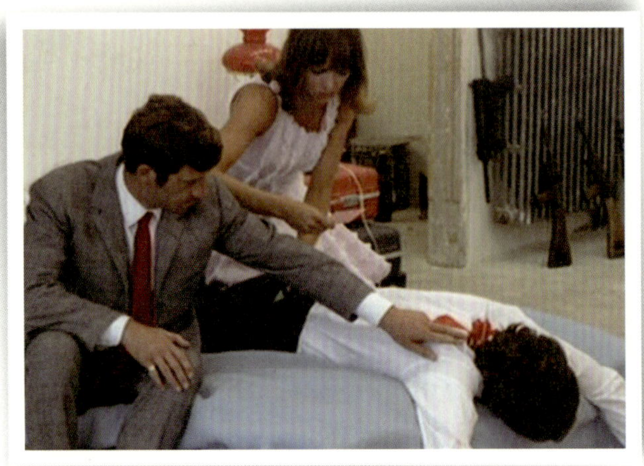

영화 「미치광이 피에로(Pierrot Goes Wild)」 중에서

정신병동 환자가 세숫대야를 놓고 낚시를 합니다. 다른 환자가 낚시 잘 되냐며 다가오자 잘 안 된다고 펄쩍 뛰며 세숫대야를 들고 도망쳤습니다. "명당자리 빼앗길 뻔했네." 안도의 숨을 내쉬는데 의사가 다가와 낚시 잘 되냐고 물었습니다. 환자는 의사를 향해 "이거 미친놈 아냐! 너는 세숫대야에서 낚시질하니?" 쏘아붙이고 세숫대야를 엎어 버렸답니다.

우리의
행복에 대한 열망은
마치
종잡을 수 없는
정신병자의 낚시질과 같습니다.

영화 「천사의 투쟁(Iron Jawed Angels)」 중에서

세상의 문제
회피해야 할 대상도 아니요,
탈출해야 할 대상도 아니라
해결하고
아름답게 가꾸어야 할 대상이다.

싸움닭이 되라!
이해관계를 초월한 싸움닭들이
자유로운 삶을 누리고
아름다운 사회를 이룬다.

영화 「엠퍼러스클럽(The Emperor's Club)」 중에서

'소변 금지'
큼직하게 써 붙여 놓았습니다.
그럼에도 불구하고
담벼락에 오줌 싸던 취객
주인장이 야단치자
도리어 화를 냅니다.
거꾸로 읽으면
'소변 금지'는 '지금 변소'가 되니까요!

어떻게 읽어야 하는지
어릴 때 제대로 배워야 합니다.

영화 「권태(L' Ennui)」 중에서

예전엔
함께 있어도
까닭 없이 그립고
말이 부족하여
흐르는 시간만 아쉬워해야 했다.

지금은
함께 있어도
까닭 없이 낯설고
말은 무성하지만
시간은 너무나 더디게 흘러간다.

영화 「체인질링(Changeling)」 중에서

신이시여!
때로는 눈을 뜨고 있는 것이
하늘 아래 감당키 어려운 시련입니다.
보이는 대로 보자니 괴롭고
보이는 대로 볼 수 없으니 또한 괴롭습니다.

불의를 적당히 눈감아주는
우리의 썩은 눈을 용서하옵소서!
이제라도 다시 눈을 떠
자신의 불의부터 용서하지 않는
서릿발이 되게 하소서!

영화 「시민 케인(Citizen Kane)」 중에서

벗고 싶다.
온갖 가식을 벗고 순연한 나신으로
눈부심을 누리고 싶다.
이는 불가결의 욕망이요,
세찬 회오리바람으로 솟구치는
분망한 충동이다.

속속들이 드러내야
숨 쉴 수 있을진대
정녕 오늘도
말의 나뭇잎으로 치부를 가릴 것인가!

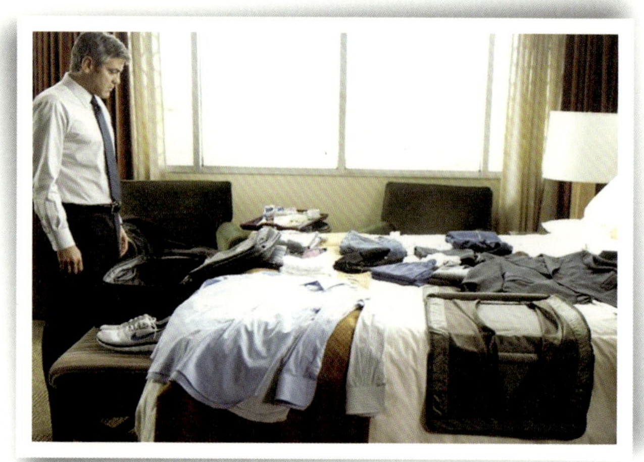

영화 「인 디 에어(Up in the Air)」 중에서

게으름뱅이와 점쟁이의 대화

"당신은 마흔까지 비천하게 살 겁니다!"
그렇다면
"마흔 넘으면 부귀하게 된다는 말씀이군요?"
천만의 말씀
"마흔 넘으면 비천에 익숙해진다는 말입니다!"

사람은
귀한 것에도, 천한 것에도
익숙해지니
길들이기 나름입니다.

영화 「몽마르뜨의 아말리에(Amelie from Montmartre)」 중에서

나를 생각하는 마음 반
남을 생각하는 마음 반이 되어야 인간이 되고
나를 생각하는 마음이 40
남을 생각하는 마음이 60이면 천사가 된다.
그러나
나를 생각하는 마음 60
남을 생각하는 마음이 40이면 짐승이 된다.

내 속에 내가 너무 많으니
타자가 들어설 수 있도록
절반은 비워내야
비로소 인간이라 할 수 있다.

영화 「브루스 올마이티(Bruce Almighty)」 중에서

낙엽의 계절이 되어 잎사귀를 하나 둘 떨어뜨리고 앙상한 가지를 드러내는 다른 나무들과는 달리, 상수리나무 하나가 유독 낙엽을 그대로 지니고 있었다. 그러던 어느 날 밤새 눈이 엄청나게 내렸다. 아침에 일어나 보니 나무들의 앙상한 가지 위에는 눈꽃이 피었다. 그러나 잎사귀를 떨어뜨리지 못한 그 나무는 눈의 무게를 이기지 못하고 가지들이 통째로 부러져 참담한 모습을 드러내고 말았다.

가득 쥐고도 으쓱해 볼 겨를 없이
미리 버릴 수만 있다면
내 마음이 천국일 텐데

그거 참 어렵습니다.

영화 「핫텁 타임머신(Hot Tub Time Machine)」 중에서

과거로 돌아갈 수 있다면
성적표 조작하듯
과거를 조작하여
행복한 현재를 만들 수 있을까?
그러나
아무리 과거를 조작하고 바꾸어도
그것은 또 하나의 세상일 뿐
현재는 아니다.

행복은
과거가 아니라 현재를 바꾸어야 가능하다.

영화 「파멸의 늪(Le Testament du Docteur Cordelier)」 중에서

행복하길 원하는가?
행복하게 살면
행복하게 될 것이고
불행하게 살면
불행하게 될 것이다.

그러나
행복을 원한다면서
불행하기 위해 환장 들린 사람들이
너무나 많다.

영화 「위대한 침묵(Into Great Silence)」 중에서

와세다 대학의 영문학교수 요코야마 류사쿠! 어느 깊은 가을날 강단에 선 그는 창밖의 푸른 하늘과 지는 낙엽을 하염없이 바라보고만 있을 뿐 강의를 시작하지 못했다. 강의를 시작하려다가 말을 꺼내지 못한 채 다시 창밖으로 시선을 돌리는 그의 눈가에는 눈물이 맺혔고, 한 시간 내내 그러다가 한마디 말도 없이 강의실을 떠났다. 이 강의는 최고의 강의로 일본 영문학 강단의 전설이 되고 있다.

언어가 사라진 뒤에야
우리는
비로소 보기 시작한다.
위대한 침묵의 세계를!

영화 「할머니와 란제리(Late Bloomers)」 중에서

사람들은
상식과 규범의 속박을 털어내고
세상의 이목
사회적 통념
이를 거부하면 불량하다고 말한다.

노년기에
인생을 신바람 나게 사는 비법은
나이를 잊고
불량하게 사는 것이다.

영화 「이것이 인생(That's Life)」 중에서

중년기 남성은
퇴출로부터 살아남기 위해
인정 중독증에 빠진다.

중년기 여성은
빈 둥우리로부터 탈출하려고
사랑 중독증에 시달린다.

어느 날
중독증에서 벗어났다 여기면
거울에서
낯익은 노인을 발견하게 될 것이다.

영화 「행복(Le Bonheur)」 중에서

꽃이 가득한
아름다운 과수원
그러나
과수원 밖에도
아름답게 핀 꽃이 또 있다!

또 하나의 감정
또 하나의 사랑
정녕 이들은
나의 행복을
방해하는 것들인가?

영화 「불편한 진실(An Inconvenient Truth)」 중에서

세상만사
염려하는 사람에게
걱정도 팔자라고 핀잔을 줍니다.

자연환경 파괴
인간관계 파괴
보아도 보지 못하는데
그들은 먼저 봅니다.

걱정도 팔자인 사람들이
우리 사는 세상을 아름답게 만듭니다.

영화 「500일의 썸머(500 Days of Summer」 중에서

완전한 인간이란 없다.
따라서
완전한 인간관계도 없다.
나에게도 너에게도
절대 옳음이 없으니
배척할 것도 눈치 볼 것도 없다.

우리 모두 불완전하기에
너무나 인간적인 관계가 요청되고
자신에게 솔직할 때
비로소 인간적인 만남이 가능해진다.

영화 「농부의 초상(Modern Life)」 중에서

어느 농부가 하느님께 청했습니다. "딱 1년만 알맞은 기온과 비를 내려주십시오. 그러면 이 지겨운 가난에서 벗어날 수 있을 것입니다." 하느님은 농부의 청을 들어주었습니다. 그런데 가을이 되어 추수를 마친 농부는 깜짝 놀라고 말았습니다. 알맹이가 영글어 있는 것이 하나도 없었기 때문입니다. 농부는 하느님께 항의했습니다. "왜 이런 좋은 조건 속에서 어찌 쭉정이뿐입니까?" 그러자 하느님께서 말씀하셨습니다. "고통을 치르지 않았기 때문이다. 천둥과 바람, 가뭄과 홍수를 겪어야 알맹이가 여무는 법이니라."

아픈 만큼 성숙하기에

고생(苦生)은

고생(高生)을 낳습니다.

영화 「가라 항해자여(Now, Voyager)」 중에서

고통을 좋아하는 사람은 없습니다.
모두들 기쁨과 쾌락을 좋아합니다.

그러나
새로운 삶을 위하여 껍질을 벗으려면
고통이 있게 마련이지요.

참된 행복을 누리기 위해서
껍질을 깨는 고통이야
감수해야 하지 않겠습니까?

영화 「내 친구 알리(Ali Zoua: Prince of the Streets)」 중에서

누군가와
함께 아파하는 것은
우리 인간의
가장 아름다운 품성입니다.

그러기에
아픔은
단절이 아니라
생명력을 이어주는 가교이며
결실의 또 다른 말입니다.

영화 「어웨이 프롬 허(Away from Her)」 중에서

미국 최초의 여성 대법관 샌드라 데이. 그녀가 치매에 걸린 남편을 돌보기 위해 대법관 자리를 내던졌다. 하지만 남편은 자신을 알아보기는커녕 다른 여성과 사랑에 빠졌다. 그렇지만 그녀는 행복해하는 남편을 바라보는 것만으로 함께 행복을 느낀다며 고백하였다.

날 몰라보고
다른 사람을 사랑해도
당신만 행복하다면 나는 기쁘다!

노년의 삶은 결코 낭만이 아닙니다.

사랑하는 사람을
요양원으로, 어쩌면 더 먼 곳으로 보내야 하니까요.

영화 「오늘부터 시작이야(Ca Commence Aujourd'hui)」 중에서

출세의 지름길
복지부동!
무사안일!
좌고우면!

장롱 면허증이 그린 면허증?
운전하지 않아야 무결점 운전자!

안 되면 되게 하라?
안 되면 퇴근 하라!
안 되는 것 되게 하려다 다칠 수 있다.

영화 「언스토퍼블(Unstoppable)」 중에서

거대한 산에
발이 걸려
넘어진 사람을 보았습니까?
어처구니없이
작은 돌부리에 걸려서 넘어지지요.

어처구니없으면
재난을 자초하고
삶의 터전을 잃어버릴 수도 있습니다.

사소한 데 목숨 걸어야 합니다!

영화 「헤어스프레이(Hair spray)」 중에서

인간사회엔 차별도 참 많다.
남녀차별
인종차별
빈부차별
계급차별
나이차별

요즘엔 외모차별이 대세

"그래 너 잘 났다!"
외모지상주의 광신도가 급격히 늘고 있다.

영화 「어둠은 걷히고(Kauas Pilvet Karkaavat)」 중에서

축구 잘하는 사람들을 보면
공이
사람을 따라 다니더군요.
맥을 아는 것이지요.
그런데
나는 공을 쫓아다니다가
다리에 힘이 풀려 제풀에 넘어지고 맙니다.

행복도
내가 쫓아가는 것이 아니라
따라오는 것이더군요.

영화 「스탠드바이미(Stand By Me)」 중에서

옛날엔
아이가 잘못하면
"오늘 밥 굶을 줄 알아!"
엄마가 호통을 쳤습니다.

요즘엔
엄마가 제 맘에 들지 않으면
"나 오늘 밥 안 먹을 거야!"
아이가 호통을 칩니다.

걱정 마세요!
사회의 거센 비바람을 맞고 나면
정신 차리게 될 테니까요.

영화 「황혼의 빛(Laitakaupungin valot)」 중에서

낯선 이가
느닷없이 친구하자더군요.
싫다고 했더니
왜 싫으냐고 끈질기게 따지더군요.
싫으니 싫은 것일 뿐
이유가 왜 필요한가?

시간이 흘러 친구가 되었습니다.
왜 좋으냐고 묻더군요.
좋으니까 좋은 것
이유가 왜 필요하냐고 했더니
어느 날 제 곁을 떠나버렸습니다.

영화 「쥴 앤 짐(Jules and Jim)」 중에서

내가 뒤처지면
"앞에 가면 도둑놈, 뒤에 가면 순경!"
내가 앞서면
"앞에 가면 신사, 뒤에 가면 거지!"
어린 시절 그렇게 놀았다.

어른이 되어서는 이렇게 논다.
"나는 사랑, 너는 불륜!"
"나는 개성, 너는 추태!"
"다른 사람은 조상 덕, 나는 내 잘난 덕!"

영화 「인생은 아름다워(Life is Beautiful)」 중에서

"아빠 힘내세요! 우리가 있잖아요."
가난한 아빠들에게는
이렇게 들립니다.
"아빠 돈 버세요! 우리가 쓰잖아요."
아내는 돈 벌라고 꽥꽥
아이는 돈 달라고 꽥꽥

아빠는
돈 버는 기계가 아닙니다.

영화 「티파니에서 아침을(Breakfast at Tiffany's)」 중에서

물에 빠지면
지푸라기라도 잡아야 한다?
아니다.
잡아 봐야 소용없는
썩은 동아줄이다!

다급할 때일수록
아무것에나 의지하지 말고
가릴 것은 가려야 한다.

옛날부터
썩은 동아줄은
나쁜 사람들이나 잡는 것이다.

영화 「타인의 취향(The Taste of Others)」 중에서

우리는
타자의 시선을 의식하며 살아간다.

서로 진솔하게
자신의 마음을 보여주고
다름을 공유할 때
비로소 인간적인 만남이 가능해진다.

행복은
자신에게 솔직한 것
자기 기만의 틀을 벗어버리는 데서 시작된다.

영화 「멀홀랜드 드라이브(Mulholland Dr)」 중에서

우리는
서로를 비추는 거울이다.

다른 사람이
나에게 욕망의 대상이 되고
내가
다른 사람에게 욕망의 대상이 된다면

서로가 서로에게
지옥이 된다.

영화 「아름다운 비행(Fly Away Home)」 중에서

빛보다
어둠을 사랑한다!
불빛보다
별빛을 더 좋아하기 때문이다.

문명의 진보로 인한
밤하늘 어둠의 상실로
난 별 볼일 없는 인간이 되어 버렸다.
불을 끄고
별을 켜서
별 볼일 있는 인간이 되고 싶다!

영화 「그녀에게(Hable con Ella)」 중에서

까닭 없이 친절하지 마세요.
영문 없이 칭찬하지 마세요.

친절한 얼굴 뒤에
칭찬하는 말 뒤에

사람을 이용하려는 음모가
은밀하게 숨겨져 있음을
잘 알고 있습니다.

영화 「가을의 전설(Legends of the Fall)」 중에서

가을밤이면
들리는 소리들도 참 많습니다.
마지막 과일이 익는 소리가 들려오고
산야에 단풍빛깔이 뿌려지는 소리도 들려옵니다.

사람들은
거두는 계절이라 말하지만
자연에서는
버리는 소리가 더 많이 들려옵니다.
열매를 버리지 않으면 새 생명을 잉태할 수 없고
잎사귀를 버리지 않으면 겨울바람을 견딜 수 없기에
낙과와 낙엽의 소리가 조곤조곤 들려옵니다.

영화 「과거가 없는 남자(The Man Without a Past)」 중에서

사람들은
누군가를 만나면
"왕년에 내가~"
현재보다 과거를 자랑합니다.

사람들은
누군가를 만나면
지금보다 과거에 무엇을 했는지
궁금해합니다.

과거는 자랑도 말고 묻지도 마세요.

영화 「포인트 블랭크(A About Portant)」 중에서

선은 악을 이기지 못한다!
수단과 방법을
악은 가리지 않지만
선은 가리기 때문이다.

선은
반드시 지켜야만 할 가치이기에
패배할 줄 알면서도
지켜나갈 뿐이다.
수단과 방법을 가리지 않는 선은
더 이상 선이 아니다.

영화 「타인의 돈(Other People's Money)」 중에서

돈에 대한 집착이 커질수록
돈의 위력은 더 커지고
돈의 위력이 더 커질수록
돈에 대한 집착이 더 커진다.

그리하여
가난한 사람들보다
부자들에게서
돈은
만병통치약으로 둔갑한다.

영화 「쿼바디스(Quo Vadis)」 중에서

기는 놈 위에 뛰는 놈!
뛰는 놈 위에 나는 놈!
그렇다면 나는 놈 위엔 어떤 놈이 있을까?

나는 놈 위에는 개개는 놈이 있다.

남의 등에 올라타
성가시게 하고 폐를 끼치며
제 잘난 줄 아는 사람

그런 사람을 흔히 지도자라 일컫는다.

영화 「블랙 스완(Black Swan)」 중에서

나는 99%의 단점과
단지 1%의 장점을 지니고 있다.
허물없는 자 없으니 고치는 자 착하도다!
나는 날마다 단점을 고치려 애쓰며 살아 왔다.

그러나 돌이켜 보면
아직도 99%의 단점을 그대로 지니고 있다.

이제는
1%의 장점으로
99%의 단점을 극복하게 되기를 기도한다.

영화 「자전거 드림(Bicycle Dreams)」 중에서

산악자전거

모두들 가파르고 험한 산길을 잘도 올라간다.

"오빠 멋져!"

여성 등산객들이 환호와 박수를 보낸다.

그러나

자전거를 끌고 올라가는 나를 향해 외쳤다.

"오빠는 빼고!"

참으로 민망스럽다.

나도 최선을 다하고 있는데 말이다.

영화 「스위밍 풀(Swimming Pool)」 중에서

열정은
제 갈 길로 흘러가는
물과 같은 것

댐에
물이 가득 차면 방류해야 하듯
열정도
흘러 보내지 않으면
다른 사람에게로 범람하여
상처를 남긴다.

영화 「보다 나은 세상(In A Better World)」 중에서

초등학교 시절
산에서 열린 사생대회에서
배를 그렸다.

선생님이
"요놈 봐라, 배가 산으로 갔네?"
회초리로 때렸다.
난 그 이후론 그림을 그리지 않았다.

정답만 정답인가?
배가 산으로 갈 수도 있다!

영화 「씨비스킷(Seabiscuit)」 중에서

약한 말로는
말을 듣지 않는다고
강한 말을 쓰게 되면
서로의 말을 들을 수 없게 됩니다.

말 좀 들어주세요!

작은 말이
약한 말이
오히려
듣기 쉽고 듣기도 쉽습니다.

영화 「기프트(Echelon Conspiracy)」 중에서

신은
아기의 씨앗을 심고 열 달을 기다린다.
처음에도 그랬고 지금도 그렇다.
아무런 발전이 없다.

신은 빈둥대고 있지만
인간은
진보하고 있다.

그리하여
행복으로부터
점점 더 멀어지고 있다.

영화 「사랑의 블랙홀(Groundhog Day)」 중에서

찢어지게 가난함으로 인하여
정신병원에 입원한 환자

스스로 재벌이라 칭하고
마냥 행복하다.

의사는
이 환자를 치료해야 할까?
그리고
비참한 현실로
되돌려 보내야만 하는가?

영화 「리플리(The Talented Mr. Ripley)」 중에서

누구나
남루한 일상으로부터 벗어나
화려한 인생을 꿈꾼다.
환상 속의 인생
화려한 가짜 인생에 중독된다.

비록 남루하더라도
비록 비참하더라도
내 자신의 인생을 살아가는 것이
행복한 삶이다.

영화 「세상에서 가장 빠른 인디언(The World's Fastest Indian)」 중에서

해 볼 일이 없다는 사람들
해 보셨나요?

해를 바라보면
해 볼만 한 일이 참 많습니다.

해 보세요!

해 보면
쨍하고 해 뜰 날 다가올 터이니
해 봅시다!

영화 「길버트 그레이프(What's Eating Gilbert Grape)」 중에서

약자의 등에 업혀 가는 사람
약자를 업고 가는 사람
누가 더 힘센 사람일까요?

강자에게서 힘센 사람은
약자의 등에 업혀 가는 권력자이지만

그러나
약자에게서 힘센 사람은
약자를 업고 가는 사람입니다.

영화 「자유로운 세계(It's a Free World)」 중에서

보수와 진보
자유와 평등
낙관과 비관
경쟁과 양보
사랑과 미움

앗! 뜨거워
앗! 차가워
세상엔 온도를 조절할 줄 모르는
샤워실의 바보들이 참 많다.

영화 「레이첼 결혼하다(Rachel Getting Married)」 중에서

가족이란
아무도 보지 않으면
내다 버리고 싶은 것이라지요.

너무 가까운 사이기에
상처를 주거나 받기도 쉬운 사이
상처를 주고받아도
더 이상 피할 곳 없는 사이

그러기에
행복의 원천인 동시에 불행의 원천입니다.

영화 「어둠 속에 벨이 울릴 때(Play Misty For Me)」 중에서

포기해야 할 때
포기하지 않는 것은
집착입니다.
미끼를 물었다가 죽을 뻔했으면서도
유혹을 이기지 못하고
또다시 미끼를 덥석 무는 붕어와 같이
어리석은 집착으로
불행을 자초하는 사람들
이젠
포기하세요!

영화 「세상의 모든 계절(Another Year)」 중에서

만일 강둑이 한편밖에 없다면
강은
사라지고 말 것이다.

우리의 삶에서 행복만 있다면
인생은
의미를 잃어버리고 말 것이다.

행복과 불행은
인생을 지탱하는 양편의 강둑이다.

영화 「보리밭을 흔드는 바람(The Wind That Shakes the Barley)」 중에서

우리는

동료와 싸우고

형제와 싸우고

자신과 싸우고

주장과 싸우고

시간과 싸우고

매일 누군가와 싸운다.

그런데

싸우는 상대가 누구인지는 알기 쉽지만

왜 싸우는지를 알기는 쉽지 않다!

영화 「노인과 바다(The Old Man And The Sea)」 중에서

난 일평생
행복한 사람이 되려고
무던히도 애썼지만 실패했어.

어느 날
이제 모든 것을 잊자고
행복에 대해서는 고민하지 말고
그냥 살자고 결심했어.

그랬더니
행복하게 되었다네.

영화 「레일라의 생일(Laila's Birthday)」 중에서

생일축하
당신이 무얼 했다고 꽃을 받나요?

생일은
당신이 축하받는 날이 아니라
부모님께
감사드리는 날입니다.

그리고
고요히 질문 드리는 날입니다.
"어떻게 살아야 하는지?"

영화 「몽상가들(Les Innocents)」 중에서

훈수꾼은
기량이 뛰어난 것도 아니다.
그런데도
가만히 지켜보는 것으로는
절대 만족하지 못한다.
뺨을 맞더라도
한마디라도 참견해야 직성이 풀린다.
그러나
무책임한 훈수보다
책임 있는 행동이 필요하다.

영화 「일 포스티노(Il Postino)」 중에서

좋은 사이는
자랑거리를 들어주는 사이지요.
아무리 못난 사람이라도
자랑거리가 있습니다.
그런데
고민을 들어주는 사람은 있어도
자랑을 들어주는 사람은 없습니다.
그러니
고민거리 상담소뿐만 아니라
자랑거리 상담소도 필요하게 되었습니다.

영화 「오만과 편견(Pride And Prejudice)」 중에서

대한민국!
자살민국?
우울증 환자가 늘어나고
자살률은
세계 최고 수준입니다.
고민거리보다
자랑거리 들어줄 사람이 없기 때문이지요.

닭살이 돋더라도
자랑 좀 들어주세요!

영화 「러블리 스틸(Lovely, Still)」 중에서

지혜!
경륜!
덕망!
무욕!

노인을
초현실적으로 미화하는 것은
사회적 음모이다.
노인은
초월적 존재가 아니라
보편적 욕구를 지닌 사람이다.

영화 「바람과 함께 사라지다(Gone with the Wind)」 중에서

그릇된 희망은
절망보다 더 무서운 것입니다.
내일이면
내일의 해가 떠오르지만
비바람 또한 불어오기 때문이지요.

진정한 희망은
지난날을 거울삼아
생각을 고치는 것입니다.
희망은
욕망을 비우는 지우개입니다.

영화 「환상의 그대(You Will Meet a Tall Dark Stranger)」 중에서

행복하기 위해서는
착각에 잘 빠져야 한다.
행복감은
대부분 착각이기 때문이다.

착각은 자유이다!

그러나
착각에서 벗어나면
비록 행복하진 않지만
자기 자신을 발견하게 된다.

영화 「다우트(Doubt)」 중에서

세상에는
확신으로 가득 찬 사람들이 들끓고 있지만
맹목적인 신념은
공감의 여지를 허락하지 않는다.

확신은
또 하나의 착각이다.

착각에서 깨어나려면
절대 옳음이란 불가능한 것임을 깨닫고
불확실성의 불쾌함을 견뎌야 한다.

영화 「링컨 차를 타는 변호사(The Lincoln Lawyer)」 중에서

극소수를 제외하고
대한민국에서
보수주의자는 엉큼하고
진보주의자는 교활합니다.

엉큼한 인간들과 교활한 인간들이
제 밥그릇 챙기려 싸움박질 중입니다.

누가 이길지 아무도 모릅니다.
그러나
한 가지는 분명합니다.
국민들이 진다는 것이지요.

불행이라 쓰고 행복이라 읽는 법

생각과 생각 사이

1판 1쇄 발행 | 2012년 1월 3일

지은이 | 이성록

펴낸이 | 김영선
기획·편집 | 이교숙
디자인 | (주)다빈치하우스- 손소정
펴낸곳 | (주)다빈치하우스- 미디어숲
주소 | 서울시 마포구 합정동 362-5 조현빌딩 2층 (우121-884)
대표전화 | 02-323-7234
팩스 | 02-323-0253
홈페이지 | www.mfbook.co.kr
출판등록번호 | 제 2-2767호

값 12,000원
ISBN 978-89-91907-37-9 (03800)

＊ 이 책은 (주)다빈치하우스와 저작권자와의 계약에 따라 발행한 것이므로
   본사의 허락 없이는 어떠한 형태나 수단으로도 이 책의 내용을 사용하지 못합니다.
＊ 미디어숲은 (주)다빈치하우스의 출판브랜드입니다.
＊ 잘못된 책은 바꾸어 드립니다.

이 도서의 국립중앙도서관 출판시도서목록(CIP)은 e-CIP 홈페이지(http://www.nl.go.kr/ecip)와
국가자료공동목록시스템(http://www.nl.go.kr/kolisnet)에서
이용하실 수 있습니다.(CIP제어번호: CIP2011005033)